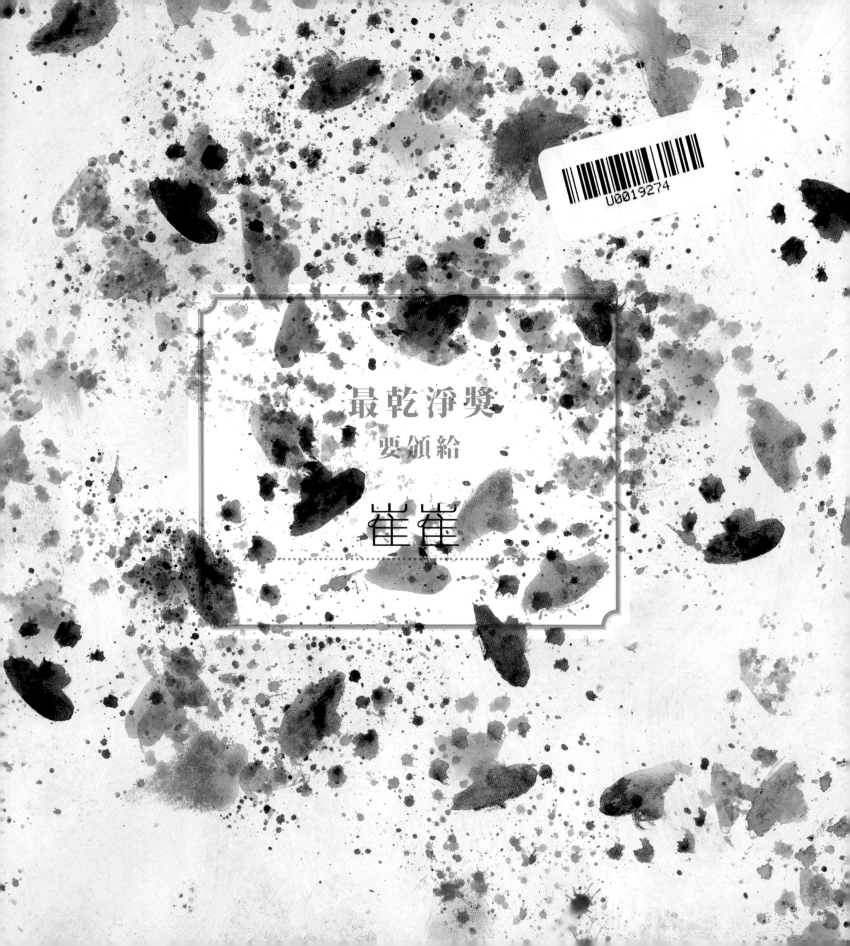

最乾淨獎

要頒給

崔崔

獻給莫瑞先生，
是你鼓勵我天馬行空的亂編故事。

文、圖／艾倫・布雷比 ｜ 譯／黃筱茵 ｜ 主編／胡琇雅 ｜ 美術編輯／蘇怡方
董事長／趙政岷 ｜ 第五編輯部總監／梁芳春
出版者／時報文化出版企業股份有限公司
108019台北市和平西路三段240號七樓
發行專線／(02)2306-6842
讀者服務專線／0800-231-705、(02)2304-7103
讀者服務傳真／(02)2304-6858
郵撥／1934-4724時報文化出版公司
信箱／10899臺北華江橋郵局第99信箱
統一編號／01405937
copyright © 2020 by China Times Publishing Company
時報悅讀網／www.readingtimes.com.tw
電子郵件信箱／ctliving@readingtimes.com.tw
法律顧問／理律法律事務所 陳長文律師、李念祖律師
Printed in Taiwan
初版一刷／2020年03月27日
初版三刷／2022年07月28日
版權所有 翻印必究（若有破損，請寄回更換）
採環保大豆油墨印製

豬豬 髒兮兮

文 / 圖

艾倫‧布雷比 Aaron Blabey

譯

黃筱茵

巴ㄅㄚ 戈ㄍㄜˊ 狗ㄍㄡˇ 豬ㄓㄨ 豬ㄓㄨ，

我ㄨㄛˇ 不ㄅㄨˋ 得ㄉㄜˊ 不ㄅㄨˋ 說ㄕㄨㄛ，

他ㄊㄚ 的ㄉㄜ˙ 個ㄍㄜˋ 人ㄖㄣˊ 衛ㄨㄟˋ 生ㄕㄥ 呀ㄧㄚ˙

實ㄕˊ 在ㄗㄞˋ 有ㄧㄡˇ 夠ㄍㄡˋ 差ㄔㄚ 。

豬豬喜歡弄得全身髒兮兮。
真的，他已經髒到最高級。

他的爪子好恐怖。

他的毛皮臭呼呼。

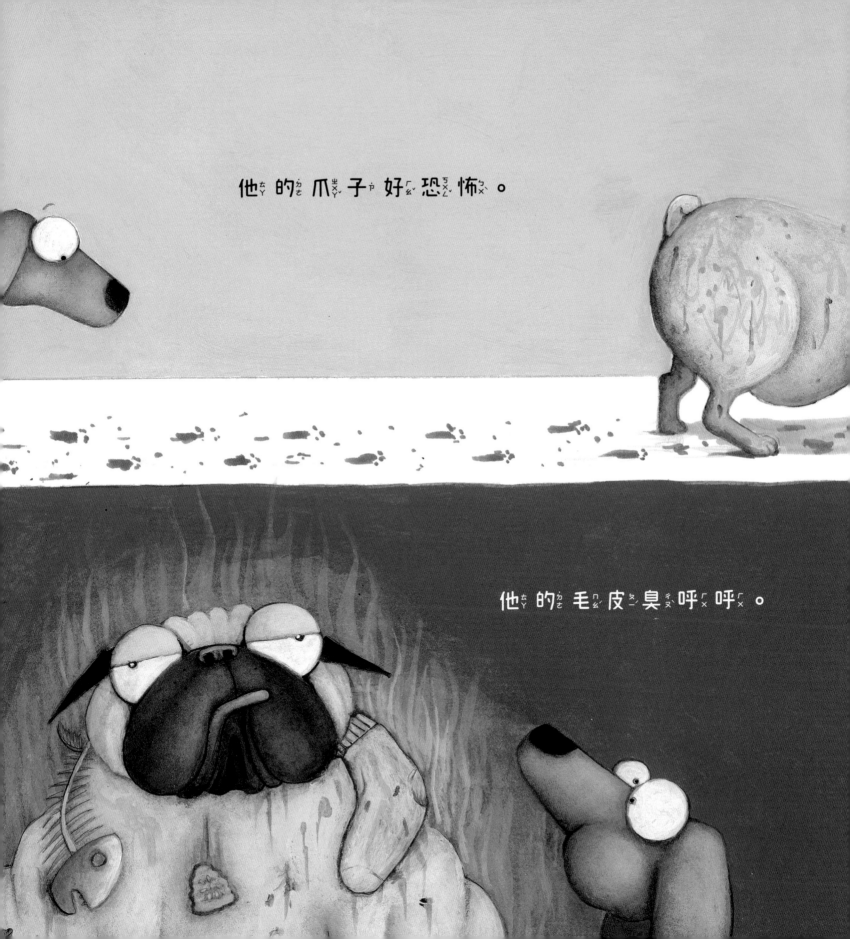

他一點也不介意
各種難聞的怪味，

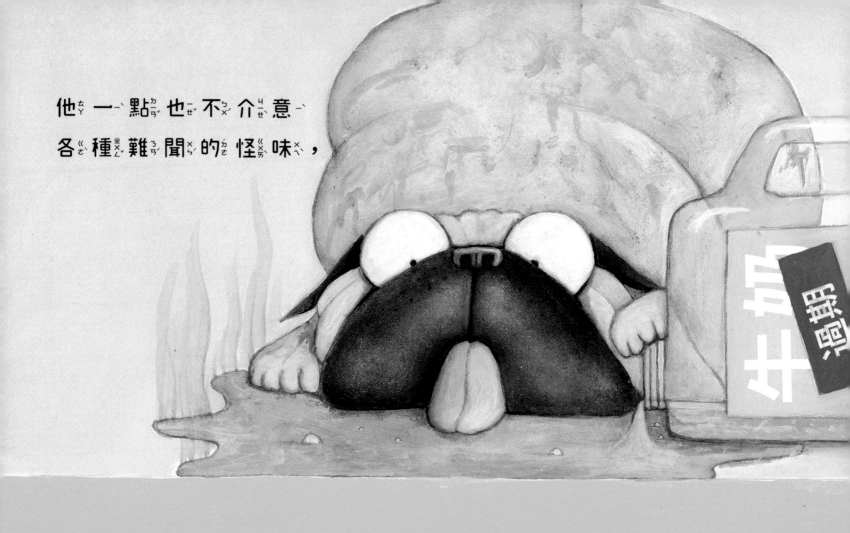

如果你不小心，
他還會湊過來聞聞
你是什麼味。

他會亂玩各種讓人
啞口無言的
髒兮兮玩意兒……

他做的事情會讓你放聲尖叫：

「不要那樣！

好噁心！」

他散發的臭氣，
你就是想忘也忘不掉。
那種味道很可怕，酸溜溜又臭兮兮，
簡直糟糕透頂。

所以洗澡時間來報到。
「你這隻臭狗狗！
你從耳朵到屁股
都需要好好洗乾淨！」

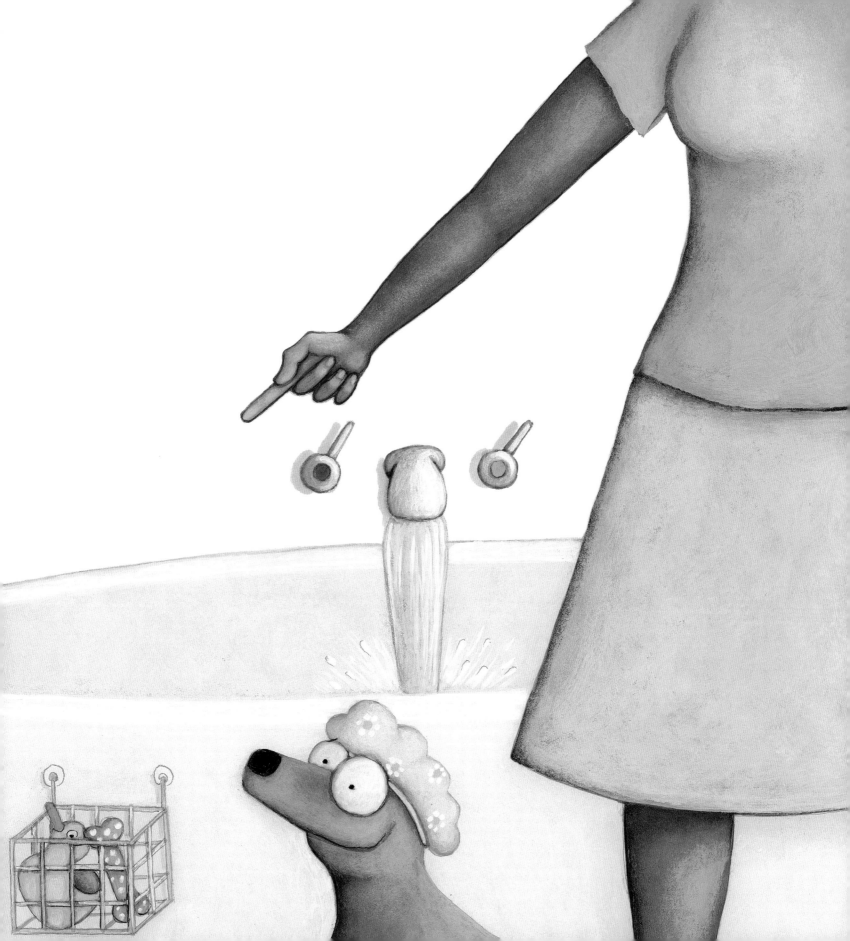

可ㄎㄜˇ是ㄕˋ豬ㄓㄨ豬ㄓㄨ轉ㄓㄨㄢˇ身ㄕㄣ就ㄐㄧㄡˋ逃ㄊㄠˊ。
你ㄋㄧˇ還ㄏㄞˊ來ㄌㄞˊ不ㄅㄨˋ及ㄐㄧˊ抓ㄓㄨㄚ住ㄓㄨˋ他ㄊㄚ，

他ㄊㄚ已ㄧˇ經ㄐㄧㄥ像ㄒㄧㄤˋ一ㄧˋ隻ㄓ骯ㄤ髒ㄗㄤ的ㄉㄜ
小ㄒㄧㄠˇ兔ㄊㄨˋ兔ㄊㄨˋ那ㄋㄚˋ樣ㄧㄤˋ
從ㄘㄨㄥˊ房ㄈㄤˊ間ㄐㄧㄢ溜ㄌㄧㄡ掉ㄉㄧㄠˋ。

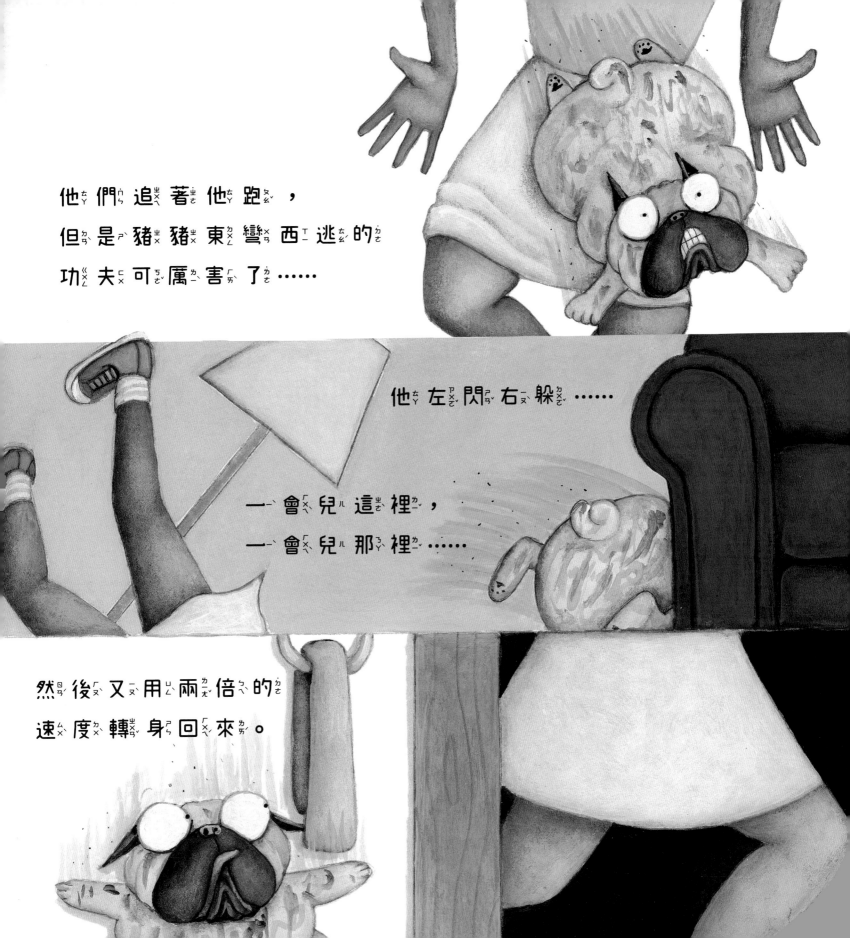

他们追著他跑，
但是猪猪东弯西逃的
功夫可厉害了……

他左闪右躲……

一会儿这里，
一会儿那里……

然后又用两倍的
速度转身回来。

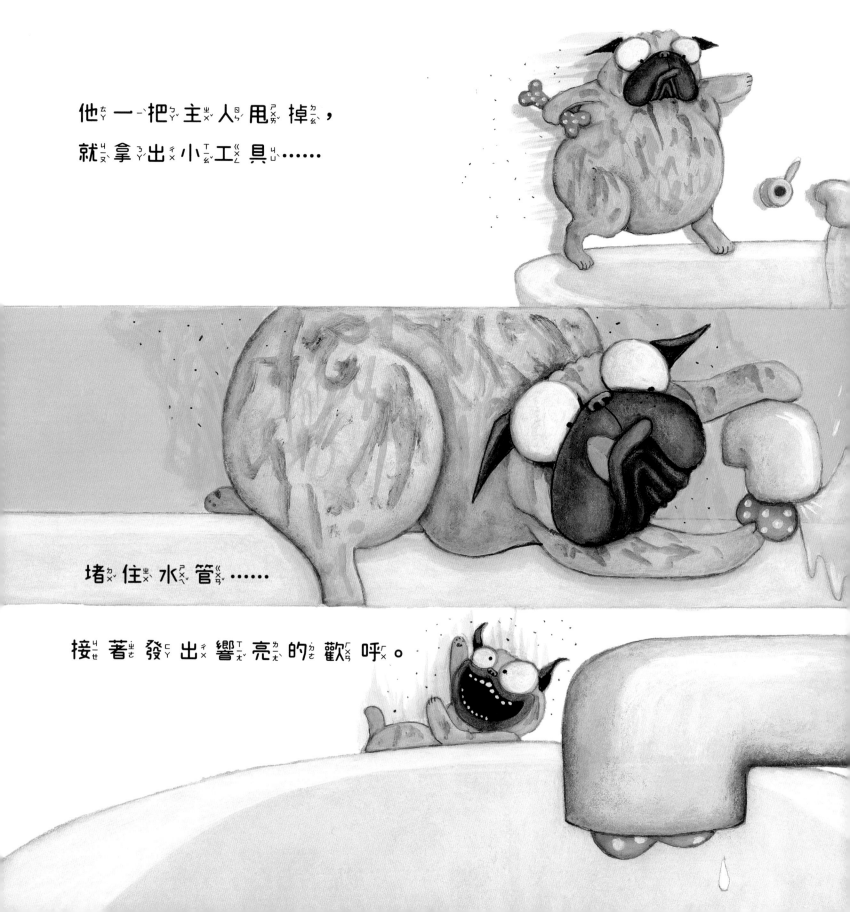

他_{ㄊㄚ} 一_ㄧ 把_{ㄅㄚ} 主_{ㄓㄨ} 人_{ㄖㄣ} 甩_{ㄕㄨㄞ} 掉_{ㄉㄧㄠ}，
就_{ㄐㄧㄡ} 拿_{ㄋㄚ} 出_{ㄔㄨ} 小_{ㄒㄧㄠ} 工_{ㄍㄨㄥ} 具_{ㄐㄩ}……

堵_{ㄉㄨ} 住_{ㄓㄨ} 水_{ㄕㄨㄟ} 管_{ㄍㄨㄢ}……

接_{ㄐㄧㄝ} 著_{ㄓㄜ} 發_{ㄈㄚ} 出_{ㄔㄨ} 響_{ㄒㄧㄤ} 亮_{ㄌㄧㄤ} 的_{ㄉㄜ} 歡_{ㄏㄨㄢ} 呼_{ㄏㄨ}。

他們終於找到豬豬的時候，
他開心的跳起舞來。

「你們那無聊的肥皂水呀才淋呀淋呀淋不到我！」

他們看著豬豬大剌剌的幸災樂禍。

他ㄊㄚ們ㄇㄣ看ㄎㄢ著ㄓㄜ豬ㄓㄨ豬ㄓㄨ歡ㄏㄨㄢ呼ㄏㄨ亂ㄌㄨㄢ叫ㄐㄧㄠˋ。

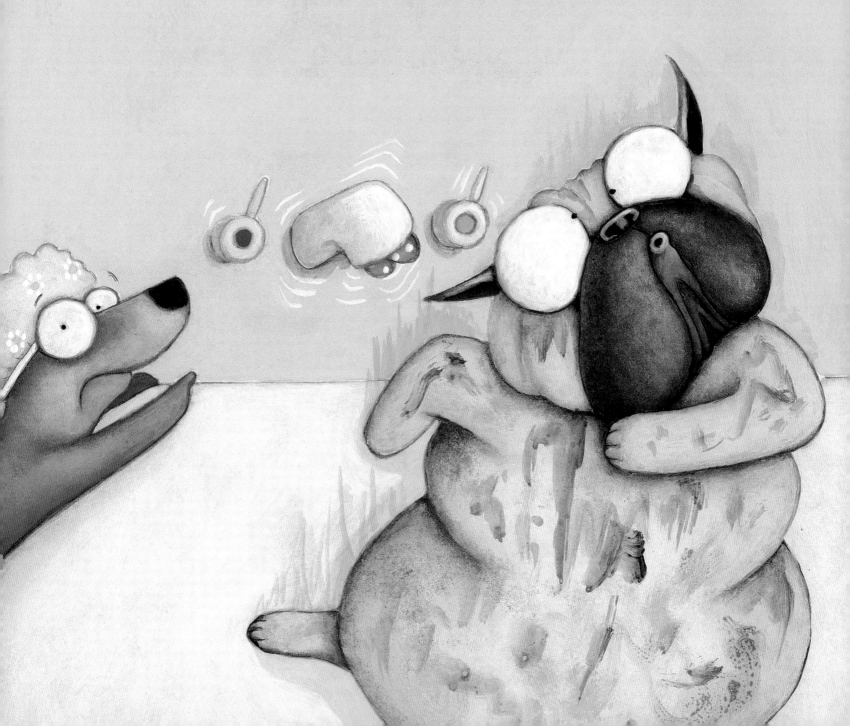

他ㄊㄚ們ㄇㄣ

看ㄎㄢ著ㄓㄜ

豬ㄓㄨ豬ㄓㄨ
計ㄐㄧ畫ㄏㄨㄚ

讓ㄖㄤ

浴ㄩ室ㄕ……

現在日子變得不同，
我很開心的說。
如果你告訴豬豬現在該洗澡咯，
他不會囉哩囉嗦。

可是啊，
就算你可以用肥皂、
洗澡海綿和毛巾幫他洗澡，
其實也沒有什麼用……

狗狗浴缸

反ㄈㄢˇ正ㄓㄥˋ豬ㄓㄨ豬ㄓㄨ還ㄏㄞˊ是ㄕˋ一ㄧˊ樣ㄧㄤˋ臭ㄔㄡˋ。

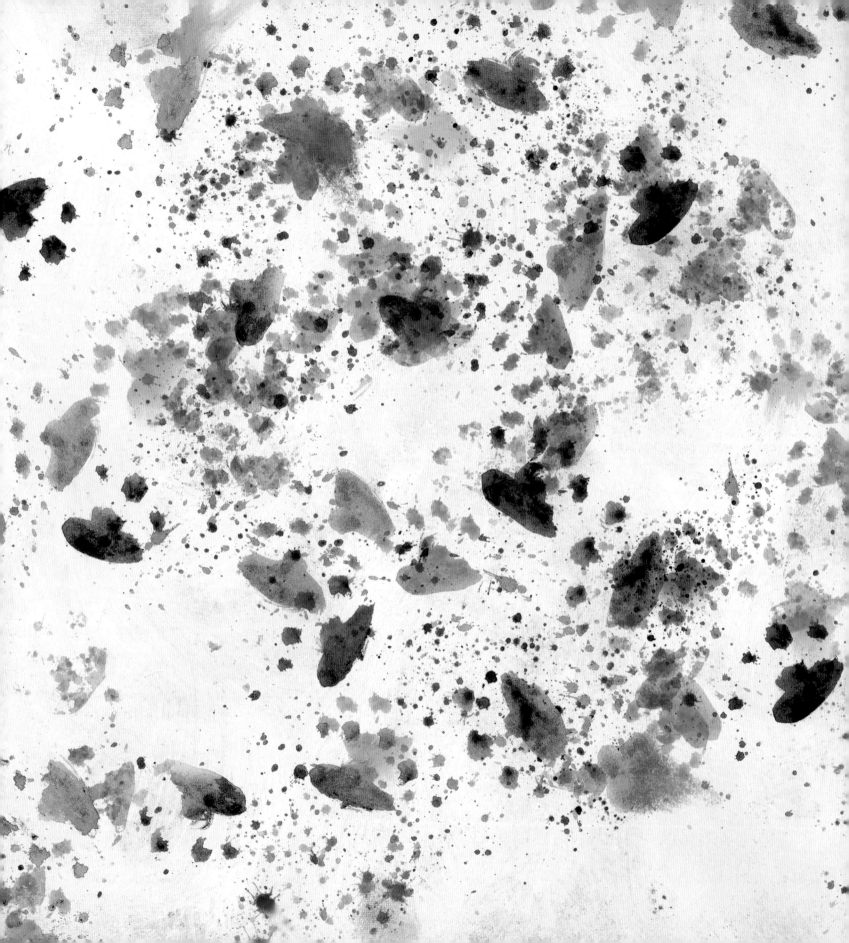